6888. Poètes français. Le Prélude des Cantiques de la Bible en forme de paraphraze, par M. le Digne, sieur de Cande et de l'Enfourcheure. Paris, Martin Verac, 1605, in-4, v. f.   40 fr.

Poésies très rares, qui ne sont pas citées par Brunet parmi les ouvrages de N. Le Digne. Pages 45-46 et 51 on trouve des pièces de vers d'ARNOUL, DOYEN DE SENS, adressées à l'auteur. — Bel exemplaire en GRAND-PAPIER, dans un état de conservation irréprochable.

LE PRELVDE
DES CANTIQVES
DE LA BIBLE,

En forme de Paraphraze.

PAR

N. le Digne Sieur de Conde & de l'Enfourcheure.

A PARIS,

Chez MARTIN VERAC, rue Iudas, à l'enseigne
de la Nauette, deuant l'Image saincte Anne.

1605.

Auec approbation des Docteurs.

AD PRVDENTISS. V. D.
N. le Digne.

TErrenos iuuenis, DIGNVS, cantabat Amores,
    Sed nunc, mutatis moribus, Astra petit.
Atque nouos resonans cælesti numine Cantus,
    Immensum hoc, sacro Carmine, reddit Opus.

Version.

Le Digne chante icy, Celuy qui d'autre-fois
    Chantoit en son Printemps les vaines Amourettes,
Mais en changeant de mœurs, il a changé de voix,
    Et chante serieux les secrets des Prophetes.
               Petrus Medonius T.

EPIG.

Cantasti quondam iuuenis iuuenilia, nunc vir
Digna viro, & Cœlo, carmina Digne canis.
               Lodoic. Roll. P.

A MONSIEVR L.E.D.C.

ONSIEVR, Ce petit Prelude n'eſt qu'vn
eſſay des Cantiques de la Bible, leſquels
n'ont eſté entrepris pour autre conſide-
ration, que pour obeir au loüable deſir d'vn tres-
illuſtre & treſdeuot Prelat, lequel prenoit plaiſir
de voir en noſtre langue les admirables ſecrets de
ces diuins oracles. Il negligeoit les recerches des
diſcours de ce temps, ſçachant que les viues intel-
ligences penetrent ſoudain au vray but de la choſe, ſans s'arreſter à la cutioſité des termes, & iu-
geoit que ces Cãtiques auroient aſſez de grace, ſi
l'ancienne & veritable grauité eſtoit fidelement
gardée. Il eſt facile de bien dire, lors que l'on eſt
en liberté d'eſtendre ſes particulieres inuentions,
mais lors que l'on eſt reſerré dans les bornes de la
conception d'autruy, il faut demeurer ferme dedans ceſte contrainte, ſans s'amuſer aux paroles,
leſquelles s'eſchappent bien ſouuent hors du ſub-
ject, pour s'eſgarer ſur des bien-diſances plus inu-
tiles que profitables: Tels que par ſon aduis ont
eſté tracez ces ſimples vers, tels auſſi ils ſerõt bien
toſt tous enſemble dediez à ſa memoire, laquelle
ſera perpetuelle pour ſes recommandables Qua-
litez. Ce xix. iour de Iuin 1605.

Virtute ſed Aſtutè.

á ij

AD N. DIGNVM D. DE
Conde.

INgratum te clamat Amor, positaque pharetra
  Effusus duro membra dolore gemit.
Tune ait, heu nostris tenerè lactatus in hortis,
  In Charitúmque vlnis, in Paphiæque sinu,
Transfuga, diuinæ cantus meditaris auenæ,
  Admiscésque meis tela inimica rosis?
Dignè animi pars magna mei, tua Cáticà tàntum
  Fac legat, alterius fiet Amoris amans.

Le sieur de Briocourt & de Rozoy.

SVR LES GANTIQVES DV
sieur de Conde.

LE *Digne en prenant exèrcice*
  Parmy ses bois & ses iardins,
D'vn vers coulant sans artifice
  Chantoit ces Cantiques diuins.
Il mesle le doux, à l'vtille,
  Auec tant de facilité,
Que l'humeur la plus difficile
  Y treuue de l'vtilité.

CORSELLES.

IN CANTICA VETERIS TEST.
Gallicis numeris expr.

Liquerat Ifraël ftagnantia flumina Nili,
  Et feptemgeminis arua refufa vadis,
Promifsâfque fibi properabat quærere terras,
  Per tæfus durum fub Pharaone iugum.
Signifer huic populo Mofes, per cærula pandit
  Neptuno vaftas defilente vïas:
Quique fequebantur demerfis hoftibus, illum
  Incolumen pulchra ftare Sione iubet.
Ecce nouo rurfus illinc depellitur hofte,
  Barbarus & Solimos iam ditione premit.
Quo fugiant? alias vel quo Duce quærere fedes
  Feftinent? Mofem lucidus axis habet.
Gallia quęrêda eft Digno Duce, & aufpice Digno
  Vnus hic Hebræum verfibus agmen agit.
Vallibus Ifraël noftris parmutat Idumen,
  Incipit & noftro Gallicus ore loqui.
Dignius exilium Gens hæc optare nequibat
  Quam nunc, Digne, tulit te Duce, Mofe prius.
                    N. BORBONIVS.

Au fieur le Digne.

Comme dans tes iardins, *& fur les bords plaifans*
  De tes diuers ruiffeaux, nous voyons tous les ans
Renaiftre mille fleurs en la faifon nouuelle,
  Ainfi ton bel Efprit par tes nouueaux labeurs
Nous faict voir tous les ans quelques nouuelles fleurs,
  Peintes des riches traicts de ta plume immortelle.
                    D. S.
                     á iij

IN METRICAM CANTI-
corum paraphrasim.
D. N. Dignei.

Decantata prius veneris mysteria castæ,
   Dignè sacer vates, cuncta inuenta canit.
Credula sed non his, tacitum nisi sciret Amorem
   Illapsum venis incubuisse tuis.
Regis at Hebræi patrio cum pectine pulsat
   Musa chelin, Mosis sacráque verba aperit,
Tanta putet Gallum quis decantasse, Moysis,
   Dauidisue, animum ni probet ipse tibi?

E. de Griselles.

SONNET.

Le Digne donne nous auec ces beaux Cantiques
Tes Pseaumes si parfaicts, qui còme vn iour luisant
Vont dedans l'infiny nos Ames conduisant,
Pour iouyr bien-heureux, des accords Harmoniqnes.

Ton vers facile & doux, en ces mots prophetiques,
Retient tant de l'Esprit de ce Roy bien-disant,
Que voyant ton Psautier, i'admire en te lisant,
Comment tu peux trouuer tant de traits energiques.

Tant d'occultes secrets, tant d'eternels oracles,
Tant de rauissements, tant de profonds obstacles,
Ont leur intelligence en ta facilité;

Ce qu'vn autre en dix ans n'oseroit entreprendre,
Toy, en dix fois dix iours, tu nous l'as faict entendre,
D'vn vers sans fard, sans peine, & sans obscurité.

Cl. Pontarel.

IN PSALMOS DAVIDIS ET
Cantica Moysis.

D. Nicolai le Digne.

O Digne Aoniis amate Nymphis,
  Quam molli numero fluunt Camœnæ,
Quam docta resonant tui Minerua
Cantus, è folio sacro petiti.
Vdis tu modo qui genis gemebas,
  Lectum qui modo fletibus rigabas,
  Æger pectore, cum tuo Propheta:
    Nunc hymnis celebras Deum, mouésque
Celestes animos, canísque Olympum,
Quo te, quo patriam inseras Olympo,
Dum Galli recinunt tuos labores.
    Digne, ò Castalidum decus sororum,
    Digne, ò Palladium quibúsque Asylum.

Gul. Sibylla D. Med. Senon.

Sur l'hermitage de Conde.

Nymphes, Conde n'est plus vn lieu de solitude,
  Le Digne l'a rendu le seiour du Printemps,
L'honneur du iardinage, & le plaisir des Champs,
  Où l'on peut marier l'exercice à l'estude,
Celuy là n'est point Seul qui passe ainsi son temps.

Dv Mesnil.

AV SIEVR DE CONDE SVR LES
Cantiques de la Bible.

LE *Digne, à qui le Ciel en naissant fut propice,*
Ton vers, d'vn art caché, semble sans artifice,
Il est d'vn ton commun, mais non commun à tous.
   C'est, à qui l'entend bien, vn secret admirable,
De le faire couler d'vn traict inimitable,
Et si doucement graue, & si grauement doux.

I. Barrilliere.

APROBATION DES
DOCTEVRS.

IE soubsigné Docteur en Theologie, Predica-
teur ordinaire du Roy, atteste & certifie que
ceste paraphraze Françoise *Des Cantiques de la Bi-*
ble, composee par le sieur le *Digne,* ne contient rien qui
soit contre la foy orthodoxe, ny repugnant à nostre religion Catholique, Apostolique & Romai-
ne. Ce 27. Mars 1605.

Iule Cesar Bulenger.

LE

LE PRELVDE DES
CANTIQVES DV VIEL
TESTAMENT.

Par N. le Digne Sr de Conde & de l'Enfourcheure.

Le Cantique de Moyse lors qu'Israël
sortit d'Egypte.

Cantemus Domino.

Hantons peuple deuot, chantons fidelle bande,
Glorifions ioyeux, le grand Dieu qui comande,
Qu'on entende par tout ses Bontez reclamer,
  Il a faict renuerser soubs le flottant orage
Cheuaux, & Cheualiers, chariots & bagage,
Courrant tout pesle mesle au profond de la mer.

Le Seigneur par sa grace est ma force asseuree,
C'est ma Tour de secours fortement emmurée,
Il m'a presté sa dextre, & son bras esprouué.
  C'est ma seule louange, & ma gloire certaine,
Il m'a tiré cent fois de danger & de peine,
Et si i'ay du Salut, c'est luy qui m'a sauué.

C'est mon Dieu, ce grand Dieu qui ce Tout viuifie,
Grand Dieu que mon esprit adore & magnifie,

A

Et que seul ie reclame, & louë sans cesser.
　　C'est luy qui tient en main toutes choses prosperes,
C'est le Dieu de Iacob, le seul Dieu de nos Peres,
Ie luy veux donner gloire, & son Temple dresser.

Tel que l'on voit marcher au front d'vne bataille
Vn guerrier courageux, grand de force, & de taille,
Qui charge d'asseurance, & va tout fracassant:
　　Le Seigneur tout ainsi d'vne force guerriere
Chargeant ses ennemis, rompit l'audace plus fiere,
Son Nom est redoutable, il est le Tout-puissant.

Il a dedans la mer perdu la forte armee
Du cruel Pharaon, iadis tant renommée
Et ce grand Roy luy-mesme y demeure attrapé.
　　Il a faict abysmer les chariots d'elite,
Les plus vaillans guerriers, les plus nobles d'Egypte,
Et de tout ce grand nombre vn seul n'est eschape.

Au creux de la mer Rouge aux abysmes profondes
Ils sont tous engloutis soubs le gouffre des ondes,
L'on voit tout l'equipage en mille endrois flotter.
　　Tant de peuples diuers, & tant de gens de guerre
Sont descendus a fond, comme vne grosse pierre
Descend iusques au centre auant que s'arrester.

Ta dextre, ô Seigneur Dieu, tousiours victorieuse
A faict veoir à noz yeux sa force merueilleuse,
Ayant d'vn si grand coup tant d'ennemis vaincus.
　　Tu as en moins de rien leur gloire aneantie,

3

Voyla deſſous les eaus cette armee engloutie,
Et tant de grans guerriers à l'inſtant ne ſont plus.

Par l'indontable effect de ta magnificence
Tu as monſtré l'effort de ta Toute-puiſſance,
Tu as tes ennemis ſoubs les eaux abyſmez,
   Tu as tourné contre eux ton courroux qui redouble,
Et comme vn feu qui paſſe au milieu d'vne étouble
Ta bruſlante fureur les a tous conſommez.

Au ſeul vent de ta voix ſoubs les eaux entenduë,
La mer obeiſſante en deux parts s'eſt fenduë,
Les flots de çà delà ſe ſont tous arreſtez.
   Le fond demeure à ſec, les eaux ſont ſurhauſſees,
Et comme entre les murs de deux fortes chauſſees
Ont laiſſé le paſſage ouuert des deux coſtez.

   Lors l'ennemy diſoit, Ie veux ſuyure ma pointe,
Ie paſſeray s'il paſſe en ceſte mer disjointe,
I'auray pour mon butin ſes biens & ſes treſors.
   Ie tireray l'eſpee, & de viue furie
Ie feray de ce peuple vne telle tuerie
Que l'on ne verra rien que du ſang, & des morts.

Tu as ouy, Seigneur, l'outrageuſe parolle
De ces gens tranſportez d'akrogance trop folle,
Tu as comme le vent leurs deſſeins diuertis.
   Tu as ſoufflé la mer deſſus nos aduerſaires,
Et reioignant les eaux en leurs cours ordinaires,
Ils ſont comme du plomb dans l'abyſme engloutis.

ij

Qui eſt ſemblable à toy, grand Dieu, que rien n'egalle,
Qui eſt ſemblable à toy en Majeſté Royalle,
Qui ſe peut comparer en triomphe d'honneur?
    Qui eſt plus magnifique en œuures nompareilles,
Plus ſage en prouidence, & plus fort en merueilles,
Plus Auguſte en puiſſance, & plus Hault en grandeur?

Auſſi toſt que ta main, qui ſeule nous conforte,
A tourné ſa fureur ſur ceſte gent ſi forte
Qui n'a iamais tes droicts ny tes faits honnorez :
    Voyla tout auſſi toſt ces troupes inuincibles,
Ce bruit eſpouuentable, & ces cheuaux terribles,
Auec leurs chariots des ondes denorez.

Par ta Bonté fidele à touſiours permanente,
Tu conduiras, Seigneur, ce peuple en ſon attente,
Luy redonnant la force auec la liberté.
    Et marchant ſoubs ta Loy tu le feras conduire
Dans la terre promiſe, où deuot il aſpire
Pour y voir ton ſainct Temple au lieu tant ſouhaitté.

Les peuples aduertis de ceſte heureuſe grace
S'aſſembleront en troupe, & de ſuperbe audace
Voudront faire vn effort, tant ils ſont deſuoyez,
    Mais l'eſtonnante peur de ta grandeur diuine
Troublera ſi ſoudain toute la Paleſtine,
Que les Roys plus puiſſans en ſeront effrayez.

Les grands Princes d'Edom ſaiſis de viue crainte,
Redouteront ſi fort ta main puiſſante & ſaincte,

Que les chefs de Moab en seront esperdus,
Tous ceux de Canaan fuiront sans se defendre
Si tost que l'on fera ceste nouuelle entendre,
Et que tu as Seigneur, tant de Roys confondus.

Pour éuiter les coups de ta main souueraine,
Ils fuiront sans courage, & de frayeur soudaine
Leur sang sera de crainte & d'horreur tout glacé,
    Ils seront sans pouuoir comme rocs immobiles,
Cependant que ton peuple en ces lieux difficiles
Marchera sans rencontre, & sera tout passé.

Par ta douce faueur que la force accompagne,
Tu les introduiras sur la haute Montaigne,
De ton riche heritage annobly' pour iamais,
    Dans l'habitation si saincte & desirable
Pres de tõ SANCTVAIRE, ou ta dextre admirable
Veult loger ce tien peuple en Eternelle Paix,

Le Seigneur regnera de puissance Eternelle
Car il a faict passer tout son peuple fidelle
A pied sec, sans rien perdre, au plus profond des eaux.
    L'insolent Pharaon voulut passer de mesme
Poursuiuant furieux, mais par merueille extreme
Soudain la mer l'engouffre auec tous ses cheuaulx.

LE CANTIQVE DE MOYSE
estant proche de sa mort.

Audite cœli quæ loquor.

O Cieux, grands mouuements qui tornez sur
les Poles,
Escoutez en tornant mes dernieres parolles.
Que la terre solide entende a ceste fois
Les resolutions des accens de ma voix,
Que le coulant discours de ma ferme doctrine
Distille dedans l'ame vne force diuine,
Tout ainsi que la pluye aux beaux iours du Printemps
D'vne fœconde humeur distille sur les champs.

Soit ma prompte parolle ainsi que la rosee
Qui roulle au mois d'Auril en perles composee
Sur la belle verdure, & d'humides frescheurs
Faict resiouyr la terre & produire les fleurs.

Ie veux hault inuoquer par vn chant memorable
Le grand NOM du Seigneur, a iamais formidable
Sus sus rendez luy grace, & tousiours en tout lieu,
Magnifiez la force, & l'honneur du grand Dieu.

Les œuures de ses mains sont sainctes, & parfaictes,
Ses iugemens sont forts, & ses voyes sont droictes,
Cest le solide roc de toute Verité,
Seul sceptre de Iustice, & siege d'Equité.

Ceste gent deprauee en son humeur peruerse
Qui n'est de ses enfans, toute chose renuerse;

Nation corrompuë, & qui ne cognoiſt pas
Son dommage, & ſa honte, au deſtour de ſes pas.

    Pauvre peuple ſans guide, amy de ta folie,
Eſt ce ainſi, trop ingrat, qne ton deuoir s'oblie?
Le Seigneur n'eſt il pas, ce bras tant renommé,
Qui ta tiré d'Egypte, & qui ſeul ta formé?

    Penſe aux ſiecles paſſez, remarque les annees
Qui ſont aux premiers temps deuant toy retornees,
Interroge ton pere, & ceux qui ont cognus
Touſiours de pere en fils, les ſuccez aduenus :
Alors que ce grand Dieu, qui toute choſe enſerre
Rengeoit les nations, & partageoit la terre,
Qu'il en fiſt douze pars, pour le lot Eternel
Du nombre deux fois ſix, des enfans d'Iſraël,
Retenant ſur le chois de ce riche heritage,
Iſraël pour ſon peuple, & Iacob pour partage.
Il le trouue aux deſerts, lieu de craincte, & d'horreur,
De vaſte ſolitude, & de peine, & de peur,
Ou ce peuple eſtonné reſſentoit a toute heure
L'incommode trauail de ſi triſte demeure
Lors ce grand Dieu l'aſſiſte & luy faict voir le fruict
De ſa Bonté ſacrée: il le dreſſe, il l'inſtruict,
Il le meine & le guide, il l'aduance & retarde,
Et d'vn veillant ſoucy diligemment le garde.
Le conſeruant plus cher, parmy ces triſtes lieux,
Que l'on ne garde cher la prunelle des yeux.

    Comme l'Aigle Royal qui d'œil ferme contemple
Le Soleil dans le Ciel, prouocque a ſon exemple
Lors du premier eſſort, ſes genereux aiglons,
Pour voller dans la nuë, & voir dans ſes rayons,

Tout ainsi le Seigneur en estendant ses aisles
A couuert des dangers tous ces peuples fidelles,
Il les a deffendus, il les a confortez,
Et comme sur son doz pitoyable portez.

    Luy seul fut leur conduicte, a luy soient les loüanges,
Car ils n'ont eu secours des autres dieux estranges

    Le Seigneur Tout puissant les a seul conseruez
Il les a faict loger sur les lieux releuez
Pour y manger heureux, le doux fruict de la terre,
Tirant le miel du roc, & l'huyle de la pierre.

    Il leur faisoit gouster le beurre des troupeaux,
Le doux laict des brebis, la graisse des agneaux,
Et la chair des moutons nourris de la verdure
Du grand mont de Bazan abondant en pasture,
Et par tout leur donnoit par son pouuoir diuin
La fleur de la farine, & le meilleur du vin.

    Ce peuple ainsi remply de repos & de graisse,
S'oblie en son debuoir, se desbande, & delaisse
Ce grand Dieu qui l'assiste, & d'vn cœur desloyal,
Quitte son bien celeste, & recherche son mal.

    Il prouocque inconstant son ire a la vengeance,
Courant apres des dieux qui n'ont point de puissance,
Il attise l'ardeur de son bruslant courroux,
Delaissant ce grand Dieu, si clement & si doux.
D'vn esprit aneuglé d'obiects abominables
Il dresse des autels aux demons effroyables
Et non pas au vray Dieu, qui le conserue en paix.

    Il recherche des dieux qui ne furent iamais,
Des dieux qu'il a forgez, desquels iamais ses peres
N'ont inuoqué la grace au temps de leurs miseres,

Ayant

Ayant mis en oubly ceste saincte Bonté
Qui luy a donné l'Estre auec la liberté.
　Le Seigneur a soudain sa faueur reuocquee.
Voyant que ces ingrats son ire ont prouocquee,
　Il a dict en fureur, ie yeux fermer les yeux,
Et destourner mon bras de ces audacieux:
　Ie les laisseray faire en leur folle malice,
Mais ils verront bien tost le fleau de ma iustice.
Leur race est trop peruerse, il ne faut plus long temps
Souffrir l'ingrat orgueil de si mauuais Enfans.
　Puis qu'ils m'ont irrité sans respect, & sans crainte,
Adorant pour leurs dieux l'Idolle d'yne feinte,
Ie les veux reietter de mon affection,
Comme yn peuple sans guide, & sans discretion.
　Ma bruslante fureur terrible a toutes ames
Iusques dans les Enfers fera passer ses flames,
Deuorera la terre, embrasera ses fruicts,
Et seront les rochers tous en cendres reduicts.
　I'assembleray sur eux tousiours pertes sur pertes,
Ie tireray par tout mes legeres sagettes,
La peur, la faim, la soif, la peste, & les charbons
Les bruslantes chaleurs, & les gelants glaçons.
　Ie lascheray sur eux les dents impetueuses
Et la rage, & l'assault, des bestes furieuses,
Et le mortel venin des plus cruels serpents
Qui soient dans les deserts sur la terre rampants.
　S'ils vont a la campagne, ils entendront rebruire,
Les troupes des voleurs courants pour les destruire.
S'ils sont en leurs maisons, la crainte, & la terreur,
Et le vif desespoir, leur saisira le cœur.

B

Le trouble tremblottant logera dans leurs villes,
Les ieunes, & les vieux, les femmes, & les filles,
Seront remplis deffroy, les enfans noueaux nez,
Iusques dans leurs berceaux, en seront estonnez.

    I'auois dict ou sont ils? Ie feray que leur gloire
Cessera pour iamais, ie perdray leur memoire,
Ie ruineray leur force, & par moyens diuers
Ie les veux rendre errans par tout cest vniuers.

    Mais i'ay veu deuant moy l'errogance felonne,
De l'ennemy cruel qui tousiours l'enuironne,
Qui diroit impudent, que luy seul de sa main
Auroit ruyne ce peuple, & non le Souuerain.

    Nation sans conseil, sans ordre, est sans puissance,
Qui a perdu l'esprit, comme la cognoissance:
    S'ils sçauoient ce qu'ils font, s'ils pouuoient retenir
Les accidents passez, & preuoir l'aduenir,
Ils seroient plus prudents en ces effects extremes,
Et verroient les malheurs qui pendent sur eux mesmes

    Ils iugeroient comment vn seul fut assez fort
Pour en combattre mille, & d'où vint cest effort
Que deux braues guerriers, eurent bien le courage
D'en assaillir dix mille, & faire vn grand carnage.
Ils verroient que cest Dieu, ce puissant Dieu vainqueur
Qui redoubloit leur force, & conduisoit leur cœur,
    Luy seul les a vendus, cest luy seul qui les liure,
Faisant fuyr les fors, & les foibles poursuiure.

    Cest luy qui est la dextre ou se va confiant
    Celuy qui suit les pas de l'ennemy fuiant,
Qui cedant aux vainqueurs a sa honte confesse,
Qu'vn supreme pouuoir le combat & le presse.

Ceſt le Seigneur luy meſme, & l'effort de ſon bras
Qui leur donne la chaſſe, & les renuerſe abas.
Car le Dieu Tout-puiſſant, eſt noſtre ſeul refuge,
Ceſt le grand Dieu des dieux, l'aduerſaire en eſt Juge.

 Leur vigne eſt de Sodome, & leurs mal-heureux plans
Ont eſté prouignez aux clos Gomorreans.

 Leurs raiſins ſont ameres, leurs grappes ſont ameres
Leur vin eſt le venin des cruelles viperes
Leur breuuage eſt mortel plus que ſang de dragon
Et plus que dent d'aſpic leur diſcours eſt felon.

 N'ay ie pas tout cela dedans les grands regiſtres
Des threſors plus ſecrets, ou ie garde mes titres?
Ceſt a moy quelque iour de recognoiſtre en fin
Les impudens deſſeins de ce peuple malin.

 Ceſt a moy deſormais d'en chercher la vengeance,
Et leur faire ſentir ma force, & leur offence.
Ie leur ſçauray bien rendre, alors que renuerſez
Leurs pieds tresbucheront ſoubs le faix oppreſſez.

 Le iour de leur mal-heur peu a peu s'achemine,
Et bien toſt l'on verra la ſaiſon de leur ruyne.

 Le Seigneur iugera ſon peuple en ſes douleurs,
Donnant l'heur de ſa grace a tous ſes ſeruiteurs

 Il verra que leur force a toute heure aſſaillie
Sans eſtre ſecourué, eſt en fin deſſaillie.
Il verra les captifs retenus dans les fers
Miſerables ſe perdre en tant de maux ſouffers.

 Lors l'ennemy dira (emporté de l'amorce
De ſa proſperité) ou eſt donc ceſte force,
Ces grands dieux ſi puiſſants qui ont tant de pouuoir,
Ou ceſt ignorant peuple a fondé ſon eſpoir?

Alors qu'il banquetoit en ses gras sacrifices,
Qu'il versoit le bon vin aux solemnels offices
Sur les riches autels de ses oblations,
Qu'ils viennent maintenant en ses afflictions.
    Que l'on voye vos dieux vous seruir de retraicte,
Et puissants, empescher vostre entiere deffaicte.
    Voyez donc que cest moy, voyez dõc peuple Hebrieu
Que ie suis en tout temps le Seigneur vostre Dieu.
    Il ni a Dieu que moy de puissance infinie,
Ie donne en mesme temps & la mort, & la vie.
    Ie naure & le gueris, & qùand ie veux frapper
Deuant mon rude bras rien ne peut eschapper.
I'esleueray ma main vers la voute etheree,
Monstrant que ie suis seul d'eternelle duree.
    Si ie brandy l'esclair de mon glaiue trenchant,
Il sera comme vn foudre a punir les meschans.
    Si ie torne ma veuë au faict de la iustice.
I'empliray l'vniuers de sang, & de supplice.
    Et si sur mes hayneux ie iette mon courroux,
I'en prendray la vengeance, & les ruyneray tous.
    Ie rendray leurs maisons, & leurs villes desertes
Trempant dedans leur sang mes dards, & mes sagettes,
Mon glaiue furieux qui tranche a deux costez
Rendra de leurs corps morts les champs ensanglantez,
Et de tant d'ennemis ie destruiray tel nombre,
Que le reste eschappé ne sera plus qu'vne ombre.
    Animez donc ce peuple a releuer sa voix
Pour rechanter le loz, du Seigneur Roy des Rois.
    Le Seigneur vengera le sang de ses fidelles,
Comblant ses ennemis de hontes eternelles

Et donnera sa grace a son peuple abbatu
S'il recherche sa voye, & s'il fait la vertu.

LE CANTIQVE DE DEBORA
pour la victoire de Cisara.

Qui sponte obtulistis.

*V*ous qui auez tousiours nostre troupe suiuie
Qui auez genereux, hazardé vostre vie
Au milieu des dangers, pour deffendre Israel,
Benissez le Seigneur, le debuoir vous conuie
De loüanger sans cesse, & benir l'Eternel.

Escoutez, escoutez, vous Monarques du monde,
Vous Princes qui guidez ceste machine ronde
Soubs les derniers ressorts d'vn prompt commandement,
Ie suis celle qui chante, & qui de voix feconde
Veux chanter les grandeurs du Roy du firmament.

Quand tu sortois de Seir, Seigneur, & qu'à grand erre
Tu passois par Edom, l'on vit trembler la terre,
Et les cieux esbranlez distillerent les eaux,
Les nuages espaix, que le grand vent desserre,
Coulerent icy bas la pluye a grands ruisseaux.

Deuant ta face ô Dieu toutes choses ployerent,

B iij

Les monts les plus haultains de crainte s'escoulerent
Comme coule la cire à la force du feu.
Et parmy les plus haults qui bas s'humilierent
Le grand mont Sinay fut des premiers esmeu.

Au temps du fils d'Anach, la guerre estoit ouuerte,
Aux grands iours de Iahel, la campagne deserte
Et tous les grands chemins estoient abandonnez,
A peine pouuoit on voyager lors sans perte
Contrainéls de rechercher les sentiers destournez.

Les rochers cauerneux d'vne forest obscure,
Cachoient ceux du pays fuyans a l'aduenture,
Tous les vaillants guerriers d'Israel estoient mors,
Et le reste attendoit vne ruyne future
Lors que d'vn bras vainqueur i'ay faiél voir mes effors.

Si tost que ce fol peuple, en quittant la louange,
Et l'honneur du vray Dieu, alloit chercher le change,
Aussi tost sur sa porte il estoit assailly,
Et lors tout Israël surpris de crainte estrange
Sans rendre aucun combat, fuyoit à cœur failly.

Mon ame ayme tous ceux qui d'vn braue courage
Les armes a la main, sont venus a la charge,
Assistans Israël d'vn libre & franc secours.
Vous Princes, qui auez l'honneur, & l'aduantage,
Donnez gloire au Seigneur, & le louez tousiours.

Vous qui donnez les loix, vous qui auez puissance

De retenir le peuple en voſtre obeyſſance,
Pour marcher ſoubs les loix de voſtre authorité.
    Faictes de ses grands faicts voller la cognoiſſance
Dans les ſicles futurs de la poſterité.

Deſſus la meſme place, où ceſte grande armee,
Par nos braues guerriers fut ſi toſt conſommee,
Sur le bris fracaſſant des chariots ferrez,
    L'on ira celebrer l'heureuſe renommee,
Et chanter du Seigneur les efforts admirez.

Sur ſon cher Iſraël ſa Clemence ſe porte,
Le peuple pert la crainte, & deſcend ſur la porte,
Diſcourant des douceurs de ſi grande faueur.
    ·Chacun en aſſeurance à la fin ſe conforte,
Pour iouyr bien-heureux des graces du Seigneur.

    Leue toy DEBORA & d'vn ton pacifique,
Commence entre ce peuple, vn triomphant Cantique,
Grand fils d'ABINOAN vient monſtrer tes valeurs,
    Ameyne tes captifs en ordre magnifique,
Le front baiſſé de honte, & l'œil remply de pleurs.

Tout le reſte du peuple, en ce peril extreme,
S'eſt ſauué ſoubs l'appuy de la force ſupreme,
Car auec nos guerriers Dieu ſe trouue au combat.
    Le Seigneur qui a l'œil ſur ce peuple qu'il ayme,
Lors des plus grands aſſaults ſes ennemis abbat.

    Le puiſſant fils de NVM ſucceſſeur de Moyſe,

Seul honneur d'EPHRAIM fit l'heureuſe entrepriſe
Sur le fort Amalec, & ſur les autres Rois.
　　Le prudent BENIAMIN que tout Iſraël priſe
Par vne meſme force a tout mis ſoubs ſes loix.

Les Princes de Machir, que la gloire bien-heure,
Et les vaillants guerriers qui ont eu leur demeure
Sur le premier partage, aux riues du Iourdain.
　　Les fors de ZABVLON arriuent d'heure en heure,
Chaſcun leue ſa troupe, & la conduit ſoudain.

Les Princes d'ISACHAR, ſoubs la forte conduite,
Du genereux BARRAHC, ſont venus ſuitte a ſuite,
Paſſant par la vallee en extreme danger:
　　Mais l'on voit vn grand trouble au peuple Iſraëlite,
A cauſe que RVBEN veut à part ſe ranger.

Pourquoy vous tenez vous, comme aux iours plus proſ-
　　peres,
Entre les deux confins des bornes de vos freres,
Pour eſcouter, oyſifs, la voix de voz troupeaux?
　　Ceſte diuiſion rompt la Paix de voz peres,
Et troublant le conſeil, cauſera de grands maux.

Le vaillant GALAAD qui trop plus loing ſe treuue
Au delà des grands monts, & du cours du grand fleuue,
Ayant ſceu la nouuelle, accourt nous ſecourir,
　　Et monſtre, courageux, par vne belle preuue,
Que la vraye valeur meſpriſe le mourir.

　　　　　　　　　　　　D A N

DAN, qui soubs le tillac de quelque grand nauire,
Demeure sans sortir ou le debuoir le tire,
Oisif que peut il faire a labry de ses ports?
Qui faict que ceux d'ASSER demeurent sans mot dire,
Escoutant noz dangers aux portes de leurs forts?

ZABVLON cependant, & sa troupe guerriere,
D'yn braue & franc courage, & d'yne audace fiere
A demandé la pointe, en se ioignant a nous.
NEPHT ALIM qui retient sa valeur coustumiere,
A hazardé sa vie, & s'est trouue aux coups.

Sur les champs de Tanach, belle & riche contree,
Les Roys en Maggedoc ont leur force monstree,
Mais le Seigneur auoit nostre bras conforté:
Car nous auons si bien soustenu leur entrée,
Qu'en ce premier rencontre, ils n'ont rien emporté.

Les estoilles du ciel, en leur cource ordonnee
Ont combatu pour nous ceste heureuse iournee,
Poussant tout leur pouuoir contre nos ennemis.
CISARA va fuyant a bride abandonnee
L'armee est en desordre, & tout en route est mis.

Le torrent de Cison d'yne course si viue
Trop remply de corps morts regorge sur sa riue,
Le torrent de Cadmim semble yn fleuue de sang,
Les plus braues guerriers fuyent sans qu'on les suiue,
Ils ont perdu la honte, aussi bien que leur rang.

C

Surpris d'extreme effroy, ils fuyent si grand erre,
Que le pied des cheuaux en courant se defferre,
La solle est surfollee, & retarde leur pas.
*   Israel qui les suit met les maistres par terre*
Les brize les fracasse, & les porte au trespas.

Maudissez tous Meros (dict l'Ange qui commande)
Maudissez tous Meros, & la craintiue bande
De tous ses habitans, car il manque au besoing.
*   Il a veu contre nous, vne force si grande,*
Et sans nous secourir nous regardoit de loing.

Mais benissez sans fin, vous biendisantes ames,
Le lustre de son sexe, & la gloire des dames,
Chantés, chantez l'honneur, de la forte IAHEL,
*   Qui d'vn cœur genereux a secondé nos armes,*
Ruynant les ennemis du peuple d'Israël.

Elle a , sans se troubler, donné du laict a boire,
A celuy qui couroit a sa ruyne notoire,
Elle a faict bonne chere a ce grand CISARA,
*   Mais pour nous accomplir vne entiere victoire,*
Sa dextre courageuse en dormant l'enferra:

Ce Prince trauaillé dormoit alors sans craincte,
JAHEL d'vn braue zele & d'vne force saincte
Prend vn clou d'asseurance , & choisit vn marteau,
*   Luy pose sur la teste, & d'vne main non feinte,*
A grands coups redoublez luy perce le cerueau.

Comme vn grand vieil fanglier a batu par la foulle,
Se veautre furieux dedans fon fang qui coulle,
Et monftre encor fa rage & fa force en mourant,
    Ainfi ce grand guerrier, en fon mal-heur fe roule
Soubs les pieds d'vne femme, & meurt en murmurant.

Sa mere en fon Palais en mefme temps s'ennuye,
Elle iette des pleurs, & foudain les effuye,
Elle eft impatiente attendant fon retour,
    Et deffus fa feneftre a toute heure s'appuye
Tournant vers l'Hydumee ou fon fils faict fejour.

Pourquoy dit elle en fin parmi fes damoifelles,
Pourquoy, de ces guerriers n'ay ie point de nouuelles?
    Que ne font font ia vainqueurs fes chariots venus?
Pourquoy tant de foldats, & de trompes fi belles,
Contre ces Paleftins font la tant detenus?

Lors pour la releuer de cefte impatience,
Ses dames vont difant, comme vn traict de prudence,
Si le Prince retarde, il le faict pour le mieux,
    Il fuit les ennemis qui fuyent fa vaillance,
Et ne veut retourner que tout victorieux.

L'autre qui veut forger des raifons plus fubtiles,
Luy dict, il eft Seigneur de la plaine, & des villes,
Il ne s'arrefte plus qu'a partir le butin,
    Il choifit pour fa part toutes les belles filles,
Cependant qu'a l'armee on prepare vn feftin.
                   C ij

On luy vient presenter les robbes precieuses,
Les riches Cabinets des dames curieuses,
Les tapis a l'esguille en diuerses couleurs.
　　Et luy, faict departir aux trouppes genereuses,
Les thresors, la richesse, & les iustes honneurs.

Voyla pourquoy le Prince, & sa suitte seiourne,
Il pose a sa conqueste vne derniere borne,
Il faut chanter victoire a son heureux retour.
　　Chacun faict des discours. Mais la chance se tourne,
Car d'vne mort honteuse, il a perdu le iour.

Ainsi puissent perir soubs ta main souueraine,
Tout ceux qui ont ta gloire, & nostre paix en hayne,
Qui a nostre pillage accourent si souuent.
　　Que de tous les malins l'entreprise soit vaine,
Et puissent leurs efforts passer comme le vent.

Mais tes esleus Seigneur, ceux qui d'ame loyalle
Benissent les faueurs de ta main liberalle,
Que suiuent la lumiere, & le clair de ton œil,
　　Ceux la soient plus luysans que l'Aube matinalle
Et plus resplandissants que les rayz du Soleil.

LE CANTIQVE D'ANNE
mère de Samuel.

Exultauit cor meum.

On cœur qui s'esiouyt d'vne eternelle ioye
   Chante d'aise au Seigneur:
Car il a hautement esleuee en sa voye,
   Sa gloire, & mon bon-heur.

Je veux ouurir ma bouche, afin de faire entendre
   Parmy tous mes hayneux,
Que la faueur du ciel vient dessus moy deffendre,
   Et le mal-heur sur eux.

Il ni a rien de Sainct que la Bonté supresme,
   Seigneur, il ni a rien
Qui soit Fort comme toy, rien qui soit que Toy mesme
   Seul autheur de tout bien.

Ne vous arrestez plus en voz humeurs trop folles,
   Plaines de vanitez,
Et ne proferez plus tant de fieres parolles
   En voz prosperitez.

Le Seigneur cognoist tout, ses gardes sont dressees
C ij

Par tout cest vniuers,
Il voit dedans les cœurs, il lit dans les penſees,
Les ſecrets plus couuers.

Les arcs des plus vaillans entre leurs mains cruelles
Sont promptement briſez.
Car il a renforcè tous ſes peuples fidelles
Iadis ſi meſpriſez.

Ceux qui viuoient ioyeux en perfaite abondance
Sans crainſte de la faim,
Sont forcez maintenent par extreme indigence,
De ſeruir pour du pain.

Ceux qui auoient ſouffert, la peine & la famine
Affoiblis & recreus,
Ont eſté conſolez par la faueur diuine
Qui les a tous repeus.

La ſterille en plorant ſa vie infortunee,
Enfante en ſes vieux ans,
Et la mere fœconde, abondante en lignee
A perdu ſes enfans.

Le Seigneur tient la clef dont il ouure, & reſſerre,
Le viure, & le mourir,
Il enuoye s'il veut iuſqu'au fond de la terre,
Puis il faut reuenir.

Le ſeigneur voit d'vn temps, & le pauure, & le riche,

Car il a tout pouuoir,
Il abbaiſſe, il eſleue, & d'vne main non chiche,
Bien-heureuer le debuoir.

Il tire pitoyable, & leue de la pouldre
L'indigent langoureux,
Sa Bonté le conſole, & doux le faict reſouldre
A vn but plus heureux.

Il prend ſouuent le pauure au milieu de la fange,
Et le met quelque fois,
Sur vn troſne d'honneur, de gloire, & de louange,
Plus haut que tous les Rois.

Au Seigneur ſont les gonds de la machine ronde,
Il eſt le Tout-puiſſant,
Il poſe ſur les eaux les fondements du monde,
Et les va beniſſant.

Il garde de tout mal les innombrables nombres
Des eſleus bien aymez,
Mais les meſchans ſeront au plus obſcur des ombres
Pour iamais renfermez.

Car l'homme en vain ſe flatte en la mondaine amorce,
Il ni a point de port,
Nul ne peut s'aſſeurer deſſus ſa propre force,
Ceſt Dieu ſeul qui eſt fort.

Les hayneux du Seigneur de crainte manifeſte,

Trembleront tous troublez.
Il tournera sur eux d'vne fureur celeste
Ses foudres redoublez.

Le Seigneur iugera en iustice equitable,
Par arrest souuerain,
Les deux extremitez de la terre habitable,
Qu'il tient toute en sa main.

Alòrs il donnera le sceptre de l'Empire
En la main de son Roy,
Et fera de son CHRIST par tout le monde bruire
La Puissance, & la Loy.

LE CANTIQVE D'ESAYE.

Vrbs fortudinis nostræ Sion.

A ville de Sion diuersement paree
Est nostre forteresse, & nostre heureux sejour.
Le Seigneur a fondé la muraille a l'entour,
Et d'vn fort contremur la par tout remparee.

Tenez la porte ouuerte en si belle demeure
Que le peuple qui aime, & l'honneur, & la Loy,
Et marche de constance aux sentiers de la foy,
En ce lieu de repos puisse entrer a toute heure.

Tu

Tu garderas Seigneur, d'vne paix viue & ferme
La pensee attentiue a te seruir tousiours,
   Seigneur, tu beniras la suitte de noz iours,
Couronnant nostre chef d'vne grandeur sans terme.

Esperez au Seigneur d'vne viue esperance,
Sans fin de siecle en siecle, & iusques a iamais:
   Il vous peut bienheurer d'vn eternelle paix,
Car sa force, est le Fort d'eternelle asseurance.

Ceux qui ont leur demeure en lieux forts, par nature,
Qui releuez d'orgueil, semblent brauer les Cieux,
   Seront precipitez au fond des plus bas lieux,
Car rien, deuant l'effort de sa force, ne dure.

Son bras victorieux, qui iustement se vange,
Destruira sans mercy la superbe Cité:
   Il mettra tout par terre, & d'vn coup irrité,
Rendra toute la place vn cloaque de fange.

Ses plaisirs sont passez, sa gloire est escoulée.
Les pieds des souffreteux, par vn iuste mespris,
   Marcheront sur sa ruyne, & sur ses beaux pourpris,
Car comme vayne poudre elle sera foullée.

Le grand chemin du iuste est la plus droicte voye,
Il ne bronche iamais, ses pas sont mesurez,
   Il suit d'vn œil prudent les sentiers asseurez,
Et son pied bien conduict iamais ne se fouruoye

                      D

Tant que tes iugemens nous ont monstré ta gloire
Nous auons mis en toy nostre espoir bien-heureux,
Et nostre cœur n'estoit d'autre bien desireux,
Que de chanter ton NOM, ta force, & ta memoire.

Du plus entier desir de mon humble pensee,
Ie tay cherché Seigneur, & le iour, & la nuict,
Et tant que dans mon sang ie sentiray d'esprit
Ma voix sera tousiours a ta grandeur dressée.

Alors que tu vouldras balancer ta Iustice
Le monde qui verra tes iustes iugementz,
Apprendra d'obeir a tes commandementz,
Et suiuant les vertus, detestera le vice.

Tu seras quelque fois au meschant pitoyable,
Mais il ne changera ses malheureux desseings,
Il a faict iniustice en la terre des saincts,
Et ne verra iamais ta gloire desirable.

Ton bras tousiours vainqueur, toute chose surmonte,
Ils cognoistront ton zele a leur confusion,
Car tu les ruyneras glorifiant SION,
Et tous ses ennemis en rougiront de honte.

O Seigneur donne nous la grace qui dispose
La parfaicte asseurance, & le repos certain,
Car noz prosperitez sont œuures de ta main,
Qui d'vn ordre Eternel gouuerne toute chose.

O Seigneur noſtre Dieu, quoy qu'vne autre puiſſance
Nous force de porter le ioug d'autres Seigneurs,
    Si n'adorerons nous iamais que tes grandeurs,
Et n'aymerons iamais que ton obeyſſance.

Les Geants ſont tous morts de mort non attenduë,
Sans eſpoir de plus viure, ils ſont morts, & deſtruits,
    Tu les a par ta force à tel terme reduits,
Qu'aux fonds de leurs tōbeaux leur memoire eſt perduë.

Tu as aymé, Seigneur, ton peuple, & las faiĉt croiſtre,
Encor qu'il fut eſpars, tu l'as multiplié,
    Tu en ſeras par tout touſiours glorifié
Car le monde te doibt pour ſeul Dieu recognoiſtre.

Lors que leur cœur touché d'afflictions diuerſes
Reſſentira les coups d'vne iuſte douleur,
    Lors ils rechercheront ta grace, & ta faueur,
N'ayant autre recours en leur fortune aduerſe.

Tout ainſi qu'vne femme approchānt de ſa couche
Au fort de ſes douleurs, s'eſcrie a plaine voye?
    Ainſi Seeigneur ainſi, deuant toy maintesfois
Nous crions eſplorez, lors que le mal nous touche.

Las nous auons conceu & enfanté ſur l'heure,
Mais ce n'eſt que du vent, nous ne ſommes pourtant
    Deliurez de la terre, & le peuple inconſtant
                                        D ij

Sans en estre descheu, y faict encore demeure.

Les morts viuront, Seigneur, d'vne nouuelle vie,
Ils ressusciteront, & verront le Soleil,
 Leuez vous, louez Dieu, vous cendres du cercueil,
Vous verrez la clarté qui vous estoit rauie.

Tu les feras sortir du tombeau qui les serre
Par ta Bonté supresme. & comme par les champs
 L'herbe sort plus nouuelle, & plus belle au Printemps,
Ainsi renouuellez ils sortiront de terre.

Va donc, passe mon peuple, entre & ferme la porte,
Tiens toy clos & couuert, en ce triste meschef,
 Esuite les malheurs qui pendent sur ton chef,
Et fuy pour peu de temps la colere trop forte.

Le Seigneur sortira promptement de sa place
Pour punir les meschans, ayant trop attendu,
 Lors la terre rendra tout le sang respendu,
Et tous les corps couuers soubz sa pesante masse.

LE CANTIQVE D'EZECHIAS

Roy d'Iſraël.   *Iſaye 38.*

Ego dixi in dimidio dierum.

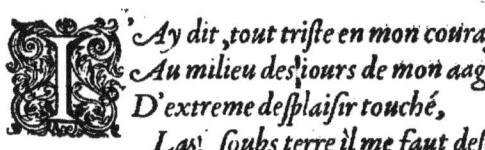

'Ay dit, tout triſte en mon courage,
Au milieu des iours de mon aage
D'extreme deſplaiſir touché,
   Las! ſoubs terre il me faut deſcendre
Comme vn poudreux amas de cendre,
Dans l'obſcur d'vn tombeau couché.

Saiſi de douleur manifeſte
Regrettant ma vie, & le reſte
De ce qui ſuyuoit de mes ans:
   I'ay dit, ô Seigneur que i'adore,
Ne te verray-ie plus encore
Deſſus la terre des viuans?

Ne verray-ie plus d'homme au monde
Habitant de la terre ronde?
Las il faut aillieurs voyager:
   Ma demeure au cercueil ſe range,
Et toute ma maiſon ſe change
Comme la loge d'vn berger.

Lors qu'encor ſe filloit ma vie

                      D iij

Tout soudain elle m'est rauie,
L'on tranche mon aage plus beau:
   Comme sur la trame nouuelle
Le tisserant couppe sa toille
Du double tranchant d'vn ciseau.

Je ne cessois en mon martyre
Du matin iusqu'au soir, de dire,
Que tu me perdrois sans repos:
   I'esperois l'autre matinée,
Mais au soir, ma peine obstinée
Comme vn Lyon, rongeoit mes os.

Forcé de ma douleur cogneuë,
Comme l'Irondelle ou la Grue,
Ie criois sans cesse à longs cris:
   Et comme la simple Colombe
Qui en sa tristesse succombe,
Ainsi succomboient mes esprits.

J'ay la veuë toute offensée
De l'auoir dans le Ciel haussée,
Sans fin ie m'escrious, Seigneur!
   Tu vois mon mal mieux que moy-mesme,
Ie suis battu de peine extreme,
Seigneur responds à ma douleur.

Que diray-ie en chose si grande?
Le Seigneur oyant ma demande

A faict ma santé reuenir:
   Ainsi tant que i'auray à viure
La douleur dont il me deliure
Sera dedans mon souuenir.

Ainsi contre leur esperance
Viuront ceux qui ont asseurance
Dessus tes merueilleux efforts:
   Ie diray par tout que ta force,
Qui m'a guery, & me renforce,
M'a tiré du nombre des morts.

I'estois en amere amertume
Me voyant contre ma coustume
Lors de mon repos abbatu:
   Et sur la fleur de ma ieunesse
Flaistry de mal, & de tristesse,
Languir sans force, & sans vertu.

Mais ta Bonté qui tousiours dure
M'a tiré de la sepulture,
Et m'a retardé de perir:
   Tu as exaucé ma priere
Et ietté bien loing en arriere
Mes pechez pour me secourir.

Car l'on ne chante point ta gloire
Dans l'obscur de la fosse noire,
L'enfer ne te chantera pas:

Et ceux qui font ceste descente
En toy, Seigneur, n'ont plus d'attente,
Et n'esperent plus rien là bas.

Mais le viuant, le viuant, SIRE,
Fera ta loüange rebruire,
Et par mon exemple incité:
Le pere au fils fera cognoistre
Combien ta Grandeur doit paroistre
En l'effect de ta Verité.

Le Seigneur par sa Bonté saincte
M'a entendu lors de ma plainte,
& m'a gardé par son secours:
C'est luy seul qui me fauorise,
Aussi sans cesse en son Eglise
Ie le loüangeray tousiours.

LE

LE CANTIQVE DES TROIS
enfans.   *Daniel* 3.

Benedicite omnia opera Domini.

BEniſſez le Seigneur vous ſes Oeuures parfaictes,
Admirables Beautez, qu'en tel ordre il a faictes,
Que le dire, & le faire, eurent vn meſme inſtant:
Beniſſez le Seigneur, hault louez ſa puiſſance,
Qui vous donna ſa grace, en vous donnant l'eſſence,
Beniſſez ſes grandeurs d'vn chant touſiours conſtant.

Beniſſez le Seigneur ſainctes legions d'Anges
Qui ſeruez à ſa gloire, & ſçauez ſes loüanges,
Et portez les arreſts de ſon dernier reſſort:
Qui plus legerement qu'vn traict leger ne volle
D'vn inſenſible cours paſſez de pole en pole,
Beniſſez le Seigneur Tout-puiſſant & Tout fort.

Beniſſez le Seigneur, vous Cieux, rares ouurages,
Qui touſiours ſur le poinct de vos legeres charges,
Tournez & retournez, & ne ceſſez iamais:
Vous belles eaux du Ciel purement cryſtalines,
Vous ſupreſmes vertus de ſes forces diuines,
Beniſſez le Seigneur qui beny voſtre pais.

Beniſſez le Seigneur, ô vous Soleil & Lune,

E

Qui d'ordre gouuernez le iour, & la nuict brune,
Et donnez lustre au monde en diuerses clartez:
    Benissez le Seigneur, vous luisantes Estoilles,
Qui paroissez au rang des œuures les plus belles,
Et loüez en brillant l'autheur de vos beautez.

Benissez le Seigneur, rosées doucereuses,
Qui du temperament des humeurs vapoureuses
Roullez dessus la terre, & emperlez les champs:
    Qui redonnez le lustre à toute la nature
Qui seruez d'ambrosie à la belle verdure,
De nectar à l'Aurore, & d'amour au Printemps.

Benissez le Seigneur, vents qui soufflez sans cesse,
Esprits qui fendez l'air de si prompte vitesse,
Que vostre course passe inuisible à nos yeux:
    Qui de prompte furie esmouuez la tempeste,
Qui esleuez les flots dans la voulte celeste,
Et puis les rabaissez iusques aux plus bas lieux.

Benissez le Seigneur, viue Ardeur salutaire,
Chaleur infuse en Tout, & par Tout necessaire,
Confort de nostre force, ame de l'vniuers:
    Benissez le Seigneur, vous Saisons penetrantes,
Vous l'Hyuer & l'Esté, qui d'effects differentes
Entretenez le monde en deux moyens diuers.

Benissez le Seigneur, pluye abondante & forte,
Gresle, bruine, gelée, & toy frimas, qui porte

La transparente glace, & le froid fremissant:
  Benissez le Seigneur, neiges qui par la plaine
Tombez sans faire bruit comme flocons de laine,
Et allez peu à peu la terre blanchissant.

Benissez le Seigneur, nuicts obscures & sombres,
Qui soubs vn voile noir enueloppez les ombres,
Partissant l'orison de ce grand firmament:
  Benissez le Seigneur, enfans de la lumiere,
Beaux & gracieux iours, des douceurs la premiere,
Le vray lustre du monde & son seul ornement.

Benissez le Seigneur, vous tonnerres & foudres,
Qui seruez le Tres-hault pour tout reduire en poudre,
Lors qu'il veut menasser les humains du trespas:
  Benissez le Seigneur, vous nues espoissies,
De diuerses vapeurs dedans l'air engrossies,
Pour arroser d'humeur toute chose icy bas.

Que la Terre benisse en toute son espace
Les effects bien-heureux de la celeste grace,
Et louange l'Autheur de si douces faueurs:
  Que du soir au matin sa Grandeur soit chantée,
Et qu'vne Hymne nouuelle à sa gloire inuentée,
Passant de siecle en siecle annonce ses honneurs.

Benissez le Seigneur, vous superbes montagnes,
Et vous petits costaux, qui au front des campagnes
Paroissez peu à peu doucement releuez:

Tout ce qui préd naiſſance, & tout ce qui faict germe
Sur l'habitable rond de ceſte maſſe ferme
Chante celuy qui a tant d'œuures acheuez.

Beniſſez le Seigneur, vous fontaines d'eaux viues,
Vous petits ruiſſelets courants à plaines riues
Pour porter voſtre courſe au cours d'autres ruiſſeaux::
    Et toy vaſte Occean, pere des mers profondes,
Et vous fleuues diuers, & vous rapides ondes,
Beniſſez le Seigneur qui gouuerne les eaux·

Beniſſez le Seigneur Balaine eſpouuentable,
Monſtre aux Monſtres marins de rencontre effroyable,
Qui tiens le graud abyſme en crainte & en terreur:
    Beniſſez le Seigneur vous trouppes eſcaillées
Qui viuez dans l'eau douce, & dans les eaux ſalées,
Innombrables poiſſons beniſſez le Seigneur.

Beniſſez le Seigneur petits oyſeaux volages,
Qui rauiſſez le monde en vos diuers ramages,
Petits Enfans de cœur du Printemps amoureux:
    Concertez tous enſemble vne douce Muſique,
Et nous repreſentez ceſte force harmonique
Que l'on chante à ſa gloire entre les bien-heureux.

Beniſſez le Seigneur, toutes beſtes enſemble,
Soit celles que nature aux grands deſerts aſſemble,
Fieres, plaines de rage, & de cruel courroux:
    Soit les petits troupeaux plus doux & plus facilles,

Qui seruent sans contrainte & se rendent docilles,
Benissez le Seigneur en viuant parmy nous.

Benissez le Seigneur, ô vous Enfans des hommes
Qui iouyssez heureux de la terre où nous sommes,
Ayant sur toute chose vu pouuoir absolut,
    Benissez le Seigneur, ô peuple Israelite,
Peuple iadis choisi par fauorable eslite,
Pour iouyr de la grace en l'eternel salut.

Benissez le Seigneur, vous Prestres qui d'office
Portez l'ordre sacré pour faire son seruice,
Et vous ses seruiteurs qui sçauez son pouuoir:
    Benissez le Seigneur, Esprit qu'il fortifie,
Et vous ames des Saincts, que sa main glorifie,
Benissez le Seigneur par vn iuste deuoir.

Benissons le Seigneur, nous qui hors de la braise
Et du bruslant danger de l'ardante fournaise
Auons esté sans peine, & sans mal retirez:
    La flame autour de nous mille fois r'allumée
A perdu contre nous sa force accoustumée,
O Seigneur que tes faicts sont par tout admirez.

LES CANTIQVES DV NOVneau Teſtament.

Le Cantique de la Vierge Marie.

MAGNIFICAT.

MOn ame magnifie, & louange ſans ceſſe
    Le Seigneur tout puiſſant,
Et mon eſprit rauy d'vne ſaincte allaigreſſe,
S'eſiouyſt en mon Dieu mon ſalut, mon adreſſe
    Qui me va beniſſant,

Car il a regardé ſa deuoté ſeruante
    En ſon humilité,
C'eſt pourquoy tout le monde en tout ſiecle me chante,
Et me dira ſans fin bien-heureuſe & contente
    En toute eterniité.

Car le grand Dieu du Ciel maintenant faict cognoiſtre
    Qu'il eſt puiſſant & craint,
Il a faict deſſus moy ſes merueilles paroiſtre,
C'eſt luy ſeul qui peut Tout, qui à Tout donne l'eſtre,
    Et ſon nom ſeul eſt Sainct,

Et ſa miſericorde allant de race en race,
    Par vn cours eternel
Sans fin ſe continuë & ſuit de trace en trace,
Sur ceux qui ont ſa crainte, & qui cherchent ſa grace
    D'vn voeu perpetuel.

Il a monſtré par tout la puiſſance exaucée
    De ſon bras merueilleux,
Car il a diſſipé l'arrogance aduancée,
Les ſuperbes conſeils, & la vaine penſée
    De tous les orgueilleux.

Hors du ſiege d'honneur les Puiſſans il depoſe,
    Il d'ethróne les Roys,
Et par ce grand pouuoir qui conduit toute choſe,
Il eſleue aux grandeurs les humbles, & les poſe
    Pour ordonner des lois.

Il a remply de biens par ſes Bontez ſupreſmes
    Tous les neceſſiteux:
Et ceux qui poſſedóient les richeſſes extreſmes,
Il les a delaiſſez, confondus en eux meſmes,
    Vuides & ſouffreteux.

Il cherit Iſraël d'vne amour perdurable
    Comme ſon ſeruiteur.
Car il s'eſt ſouuenu (luy qui eſt veritable)
De ſa miſericorde, & du fruict deſirable
    De ſa ſaincte faueur.

Ainſi qu'il a parlé par ſa douce Clemence
    A nos premiers parens,
Au grand pere Abraham, à toute ſa ſemence,
Voulant de ſiecle en ſiecle en auoir ſouuenance
    Pour durer en tout temps.

LE CANTIQVE DE ZACHARIE.

Benedictus Dominus Deus Israël.

Eny soit le Seigneur du peuple Israëlite,
   Qui nous a visitez;
Et par l'heureux effect de si saincte visite,
   Nous a tous rachetez:
Car il a releué la triomphante corne
   Du salut par faueur,
Dedans la maison saincte ou paisible seiourne,
   Dauid son seruiteur.
Ainsi qu'il a parlé par la bouche sacrèe
   Et la voix de ses Saincts,
Qui sont de temps en temps par espreuue asseurée
   Ses Prophetes certains.
Qu'en fin nous sortirions de la force inhumaine
   De nos fiers ennemis,
Et de la main de ceux qui portes de la haine,
   Cruels nous ont demis.
Pour auec nos parens faire misericorde,
   Et se ressouuenir
De sa saincte Alliance, en la douce concorde
   Promise a l'aduenir.
Lors qu'il fit le serment à nostre premier pere
   Tesmoing de son amour,
De nous donner en fin en saison plus prospere
   Sa grace quelque iour.

Ainsi

Afin que deliurez de la crainte cruelle
  Des persecutions,
Nous puissions mieux seruir sa Bonté paternelle
  Libres d'afflictions.
Que nous puissions marcher d'vne pure iustice
  En toute sainĉteté,
Et que de iour en iour nous trouuions plus propice
  Sa diuine Bonte.
Et toy petit Enfant tu seras à grand' ioye
  Prophete du Tres-hault,
Tu yras deuant luy pour preparer sa voye
  Comme vn premier Herault,
Pour donner la science, afin de faire entendre
  Les mysteres cacheZ,
Et preschant le Salut, faire par tout comprendre
  Le pardon des pechez.
Par la misericorde, & grace coustumiere
  Du Seigneur tout voyant,
Nous sommes visitez de l'heureuse lumiere
  Du Soleil d'Orient.
Pour illuminer ceux qui gisoient en tenebres
  A l'ombre de la mort,
Et redresser nos pieds loing des voyes funebres
  Au pacifique port.

       F

LE CANTIQUE DE SYMEON.

Nunc Dimittis.

 R' laisse, Seigneur veritable,
    Ton seruiteur en paix,
    Selon ta parole equitable,
    Qui ne manque iamais.

Ma ioye ne se doit plus taire,
    Puisque de mes deux yeux,
I'ay veu ton sacré Salutaire
    Tant attendu des Cieux.

Salut preparé par ta grace
    En benediction,
Pour estre mis deuant la face
    De toute Nation.

Lumiere aux Gentils esclairante
    D'vn feu perpetuel,
Et la seule gloire apparante
    Du peuple d'Israël.

FIN.

AV SIEVR DE CONDE SVR LES
ADVENTVRES DES PRINCES DE
Seremdipo, & sur ses Argonautes.

 *Ecy n'est qu'vn petit bouquet*
Des fleurs de ce mignards bosquet,
Qui tes belles sources ombrage:
    Ainsi la nature produit
Sans artifice, & fleurs & fruit
Alentour de ton Hermitage.

Mais tu as beaucoup d'autres fleurs,
Rares de forme & de couleurs,
Et dans les Indes ramassees:
    Qu'en tes iardins on peut trouuer,
Mais tu ne les veux cultiuer
Non plus que tes libres pensees.

Mais pense que nos iours passans
Trompent, comme charmes puissans,
Toutes nos esperances vaines:
    Quitte la Court, & viens iouyr
Du repos, & te resiouyr
Sur tes argentines fontaines.

Retourne à toy, & prens le temps
De passer deux ou trois Printemps,

F ij

Sans voir le monde & les affaires:
Et lors ie croy qu'auec loisir
Tu nous feras voir le plaisir,
Et l'entretient des Solitaires.

C'est lors que, rauis, nous verrons
Au lieu des naturels fleurons,
Des fleurs diuerses & Royalles,
Des Tulipes, & des Iris,
Cent diuers tyges fauoris,
Et cent sortes d'Imperialles.

Mais c'est lors que de tes iardins
Sortiront ces grands Palladins,
Armez à la vieille Gauloise,
Qui piquez d'honneur & d'Amour,
Iront soubs l'estoille du iour,
Replanter la gloire Françoise.

C'est lors que le braue Iason
Ira conquerir la Toison
Forçant la Colchique deffence,
Et que l'on verra sur la mer
Ces nouueaux Miniens ramer
Pour venir aborder en France.

Ie les voy ia surgis au port
Tirer leur vaisseau sur le bort,
Et le pousser tous des espaulles,

Pour le consacrer à iamais
Dedans le Temple de la Paix,
Au bon-heur du grand Roy des Gaulles.

I. T. C.

AV SIEVR DE CONDE SVR SES
PSEAVMES DE DAVID, ET SES
Cantiques de la Bible.

 E Digne autre que toy, qui le Ciel fauorise,
Ne pouuoit mieux chanter le grand Pseautier
   Royal,
Ny d'vn vers plus coulant, plus graue, & plus loyal,
Autre mieux imiter le genereux Moyse.

Ce n'est pas peu de gloire, ou petite loüange,
D'exceller en maistrise en vn suiect si beau,
Où tu fais voir à l'œil comme dans vn tableau
Deux pourtraits de merite, & de diuers meslange.

L'vn faict sa penitence, & d'vne voix publique
Confessant ses pechez, vient son Dieu reclamer:
L'autre victorieux ayant passé la mer,
Chante de sa victoire vn triomphant Cantique.

L'vn d'vn cœur tout rauy monstre en son esperance
Le chemin de la grace, au pecheur confessant:
Et l'autre qui s'asseure au Nom dù Tout-puissant,
D'vn magnanime vers chante sa deliurance.

F iij

Que ie cheris tes prez, tes rocs, & tes closures,
Tes sources, tes canaux, tes ruisseaux argentins,
Où en te pourmenant les soirs & les matins
Tu traces les desseins de si riches peintures.

Esprit tranquille & fort, tu as grand aduantage
Sur les esprits troublez de desirs inconstans,
Eux dedans tant de biens ne sont iamais contens,
Et toy tu vis content dedans ton Hermitage.

Là, maistre de toy-mesme, ayant la Muse amie,
Tu rends les rocs, les bois, & les arbres diserts,
Viuant parmy l'oscur de tes petits deserts,
Comme vn grand Philosophe en son Academie.

Mais non, Conde n'est pas ny desert ny seuere,
C'est vn val de Penée, agreable seiour,
Où d'vn plaisant soucy les peuples d'alentour
Vont cercher en tout temps la gaye Primeuere.

Là tu as bien bien choisi, ces sources argentines,
Ces solitaires rocs, ces bois, & ces beaux lieux,
Pour seul, mieux mediter les Musiques diuines,
Et porter tes esprits moins distraits dans les Cieux.

Arnoul, Doyen de Sens Ch.

SONNET.

MArne, qui prés de Conde heureusement commance
De profonder ses eaux, va par mille destours
Se rendre dans la Seine, & va lauer les Tours
Du racourcy du monde où gist toute abondance.

Marne qui enrichit la Champagne, & la France,
Genereuse, fertille, & loüable à tousiours,
Par le cours de tes vers n'aura pas moindre cours
Que le Loir Vandosmois, ou l'Arne de Florence.

Marne des vieux Gaulois & la borne, & la source
De tes si belles eaux clarifie sa course,
Mais son plus grand renom vient de ta docte vois,

Car ton vers doit porter du Nort iusques au More,
Et de la mer couchante à la mer de l'Aurore,
Ton Nom, tes eaux, ta Marne, & tes rocs, & tes bois.

Fr. d. G. Champ.

A TRES-REVEREND ET TRES-DEVOT PRELAT MESSIRE FRANÇOIS de la Roche-Foucault, de Randan, Euesque de Clermont en Auuergne, Abbé de Turnus, &c. Conseiller du Roy en son conseil d'Estat.

G RAND *& graue Prelat, issu de la Mirande,*
  D'où vint ce grand Picus, ce bel Astre si clair,
    Son los n'est point plus gräd, que vostre gloi-
      re est grande,
Car Picus fut vnique, & vous estes sans pair.

  Ce merueilleux Esprit cogneu par tout le monde,
L'honneur de l'Italie, & du Nom Menfroidien,
Se doit plaire de voir si quelqu'vn le seconde,
Que ce soit un des siens qui succede à ce bien.

    Il void dans le miroir où tout se peut comprendre,
Par les yeux du Soleil qui esclaire a ses yeux,
    Que vous, nouueau Phœnix, qui naissez de sa Cendre,
Volez d'vn mesme vol, qu'il vola dans les Cieux.

    D'vn magnanime choix vostre humeur naturelle
Choisit la vraye vie, & n'a point d'autre but,
    Car tant plus l'ame est noble, & tant plus elle est belle,
Et plus elle se porte à l'Eternel salut.

                                        Vous

Vous auez de tout temps aux vices faict la Guerre,
Defdaignant, genereux, les douceurs, & le miel,
    Les vns quittent le Ciel afin de viure en terre,
Et vous quittez la terre afin de viure au Ciel.

Les Sainctes Pietez, la Grace, & la Prudence,
Difpofoient vos efprits defia dés le berceau,
    A bien feruir vos Rois, à bien aymer la France,
Et veiller diligent fur le facré troupeau.

La douce Antiquité, nourrice des myfteres,
Qui nous font ordonnez pour conduire nos iours,
    Qui deuote allaitta l'Enfance de nos peres,
Se redreffe, & prend force en vos graues difcours.

Le Digne qui cognoift voftre Efprit tout capable,
Efprit cher nourriçon des Caftalides Sœurs,
    Vous garde vn plus grãd œuure, ou d'vn vers veritable
Sur fa lyre Prophete il chante vos honneurs.

Mais de vous feul defpend l'honneur de voftre gloire,
Car vos doctes labeurs font fans terme, & fans pris,
    L'Eglife en fes Thefors garde voftre memoire,
Et tout le monde enfemble honore vos Efcris.

           Virtute fed Aftuté.

               G

INSCRIPTION SVR VN ROCHER
par le sieur L. D.

VN Pelerin lassé d'auoir couru le monde,
Apres auoir cogneu le bon, & le mauuais,
Le doux, l'amer, l'Amour, la Court, & le Palais,
Pertè du cours de l'aage errante, & vagabonde.

Apres auoir souffert sur la terre, & sur l'onde,
Et le calme, & l'orage, & la Guerre, & la Paix,
Apres auoir bien veu sans le craindre iamais,
Le coup de la fortune & diuerse, & seconde.

Apres auoir iugé que les choses humaines
Sont par mille accidens perissables & vaines,
S'est venu rendre Hermite en ce petit vallon:

Loing du peuple & du bruit, son Esprit s'y repose,
Resolu desormais d'y planter son Bourdon,
Pour, tout Indifferent, rire de toute chose.

L. D.

LA MESME INSCRIPTION
en vers Latins.

ECce pererratū postquam Perigrinus ob Orbé
Fessus multa tulit, postquá sibi nota voluptas,
Dulce, & amarū,, & Amor, sed & altæ lubricus Au-
Cultus, & integræ properantia vota iuuentę.   (le

Poſt itidem paſſos terráque, marique labores
Poſt varios caſus, poſt optatiſſima Pacis
Otia, poſt & tanta vagæ ludibria ſortis,
Quę ſeu læta daret, ſeu triſtia, neutra probata eſt.

Denique, poſteaquam duris obnoxia fatis
Humana agnouit celeri vaneſcere lætho,
Hanc Pius In ſacram venit feceſſor Heremum:

Nunc vbi tranquillus ſtrepitũ faſtidit, & vrbé,
Nec deinceps alibi ſtatuit Conſiſtere, eodem
Vt penitus Conſtans derideat omnia vultu.

Arnould. Senonen. Deca.

EIVSDEM INCRIPTIO-
nis, Carmen.

EN orbe laſſus hoſpes errato, vagos
    Vbi labores pertulit,
Vbi miſta lætis triſtia, effuse modo
    Gauiſus in tacito ſinu,
Modo queribundus, vota cui, dulciſque Amor,
    Et culmen Aulæ lubricum
Placuit merenti per iuuentam, Principum
    Benignam in aula gratiam.
Hic vbi ſubiuit flaþra Neptuno ſuper
    Bacchantis in Boream noti,
Terraque caſus, quos quiete blandula
    Alternat aura gratior,

Hic vbi siniſtros ſpreuit, & proſperos,
Verôſque ſortis exitus:
Tendem caducas mille per pericula
Expertus humanas vices,
In hac reducta valle, dedicat Deo
Facundum Heremita otium:
Tumultuoſum vulgus vnde ſum mouens,
Cupit beata mens Dies
Agere quietos, cuncta quo mortalium
Derideat negotia.

G. Sybilla. D. M. Sen.

ODE.

LE Digne ſe rend Solitaire
Parmy ce vallon eſcarté,
Non pas pour viure ſans rien faire,
Mais bien pour viure en liberté.

C'eſt la Philoſophie extreſme
Pour mettre l'Eſprit en repos,
De iouyr en fin de ſoy-meſme,
Dans les bornes de ſon enclos.

Luy, qui n'a que trop veu l'orage
Courant fortune bien ſouuent,
Se retire ſur ce riuage
A l'abry des flots, & du vent.

Ainsi d'vne finesse seure,
Finesse des hommes prudens,
Il s'accoustume de bonne heure
De mespriser les accidens.

Ainsi en tout temps il s'appreste
De passer sa vie icy bas,
Soit en Bonace, ou en Tempeste,
Sans soucy de ce qu'il n'a pas.

L'Ame est malade sans remede,
Qui parmy la foulle & le bruit,
Ne iouyt ce qu'elle possede,
Et court apres ce qui la fuit.

Mieux vaut l'honneste solitude,
Contente de peu iusqu'au bout,
Qui de viure en inquietude
Parmy l'abondance en Tout.

Car quoy que l'homme puisse croire,
S'il est vne Felicité,
Ce n'est pas au bien transitoire,
Mais c'est en la Tranquillité.

Si com' al fuego.
G iij

EPIG.

AMour, ce grãd Daimon qui cõmande au ieune age,
Iadis sur ceste lyre a eu quelque pouuoir,
Mais le tẽps qui rend l'ame & plus forte & plus sage,
Maintenant la releue à plus iuste deuoir.

Le sieur des Marais.

INSCRIPTION SVR LE ROC
d'vne Fontaine.

FVyant l'auarice & l'enuie,
La mesdisance, & le soucy,
Vn Passant passe icy sa vie,
De ce Bien, pour le moins, suyuie,
Qu'il est content de viure ainsi.

FIN.

www.ingramcontent.com/pod-product-compliance
Lightning Source LLC
Chambersburg PA
CBHW060818180626
46818CB00002B/867